Ble mae e, Jac?

Rob Lewis

addasiad Elin Meek

Gomer

Yn Abergwaun roedd Nain yn byw, heb fod ymhell o'r traethau,
mewn siop yn gwerthu hufen iâ, te, coffi a chacennau.
Roedd Nain yn hoffi gwau a gwau, gan wneud yn eitha da,
gan wau a gwau'n ddiddiwedd bron drwy'r gaeaf hir a'r ha'.

Ble mae e, Jac?

I

Tim, Angela, Lizzie, Nathan ac Abbi Price

Cyhoeddwyd yn 2006 gan
Wasg Gomer, Llandysul, Ceredigion SA44 4JL

ISBN 1 84323 733 4
ISBN-13 9781843237334

Dymuna'r cyhoeddwyr gydnabod cymorth
Adrannau Cyngor Llyfrau Cymru.

Argraffwyd a rhwymwyd yng Nghymru gan
Wasg Gomer, Llandysul, Ceredigion

SIOP DE NAIN

Dechreuodd werthu menig bach a sgarffiau yn ei siop,
a gwerthu wnaeth y cyfan chwap, er iddi wau'n ddi-stop.

Gwnaeth gannoedd o siwmperi pert a hetiau heb eu bath,
a gwau carthenni cynnes braf i fasged ci a chath.
Y mwyaf roedd hi'n gwau, wel y mwyaf roedd hi'n gwerthu –
roedd dwylo Nain yn boenus iawn a phob cymal yn gwynegu.

Roedd llyfr dyfeisiadau gan Nain ar silff lan stâr,
a dyma hi'n creu peiriant gwau o fetel a hoelion sbâr.
'Rôl gwasgu ambell fotwm, fe daniodd y teclyn mawr,
A thra bod hwnnw'n gweithio, aeth Nain i eistedd lawr.
Fe lenwodd hi ei siop ac roedd llwythi yno i'w gwerthu,
A gwellodd dwylo Nain yn dda fel nad o'n nhw'n gwynegu.

Ond un nos ddu wrth iddi gloi ei siop,
a guddiai rhywbeth bach gerllaw'r sied dop?

Ynghanol nos, dihunodd Nain, 'rôl clywed clec go fawr,
Ac yn ei hofn, ar flaenau ei thraed, fe aeth ar frys lawr llawr.
Fe welodd fod y golau yn y gweithdy heb ei ddiffodd,
a'r peiriant gwau oedd wedi mynd - wel, dyna sioc a gafodd!

Roedd lorri fach go lwythog yn bustachu lawr y stryd,
gan chwyrnu a stryffaglu wrth fynd ar ras 'run pryd.
A llinyn hir o wlân lliw pinc oedd yn dod o'r lorri fach
gan gydio, wrth fynd heibio, mewn cadair ac ambell sach.
'Defnyddiol iawn,' meddyliodd Nain, 'fe fydd hi'n hawdd ei dilyn
a phan gaf afael arni hi, fe wnaf i'r gyrrwr ddychryn.'

'Mae'r peiriant wedi mynd – Jac bach, mae lladron wedi bod.
O daro, daro!' mynte hi. 'Ma'r newyddion gwaetha 'rio'd.'

‘Gan bwyll, Nain fach,’ atebodd Jac, ‘nawr peidiwch â chynhyrfu.’
Ond bant â Nain i nôl ei beic, a ffwrdd â hi’n go handi.

Fe feiciodd Nain dros fryn a dôl a thrwy bentrefi tlws,
lle cydiai'r llinyn gwlân yn dynn wrth ffens a bwlyn drws.

Dilynodd Nain y llinyn gwlân i ganol coedwig fawr,
nes daeth i ben yn sydyn, heb rybudd, ar y llawr.

Drwy lwc, roedd llwybr clir i Nain ei ddilyn eto fyth,
yn codi'n serth i fyny'r bryn; aeth Nain ar hyd 'ddo'n syth.

Ymlaen â Nain drwy'r glaw, a'r gwynt yn dechrau chwythu,
nes dod cyn hir at arwydd "Y Blaidd Olaf yng Nghymru".
Gerllaw yr arwydd rhyfedd roedd drws ogof yn y creigiau –
a bant â Nain o'i beic yn syth a'i guro dair o weithiau.
Dim sôn am neb yn ateb, ond roedd Nain am ddyfalbarhau;
gan weiddi'n uchel nerth ei phen, 'Dwi eisiau 'mheiriant gwau!'

Y BLAIDD OLAF
YNG NGHYMRU

'Sut ydych chi?' oedd geiriau'r blaidd a ddaeth i'r drws 'mhen 'chydig.
Fe synnodd Nain o weled blaidd mor gwrtais a bonheddig.
'Mae'n ddrwg gen i,' gresynnodd ef, 'eich bod chi wedi gwylltio.
Plîs, dewch mewn i'r ogof ac fe geisiaf i egluro.'
Roedd rhaid i'r blaidd gael hongian ei chôt a'i sgarff yn deidi.
Eisteddodd Nain ar bwys y tân a gwrando ar ei stori.
'Mae'n gallu bod yn ddiflas a digysur yn y bryniau:
fe ddysgais ddarllen llyfrau a meistroli llwyth o sgiliau.

Fe ddysgais siarad Saesneg a Chymraeg mewn dim o dro
ond bu dysgu gyrru lorri bron â 'ngyrru i o'm co'.
A dyna siom a gefais wrth chwilio am siwmper gynnes –
Doedd dim ar werth i'm ffitio i, ro'n nhw i gyd siâp dyn a dynes!
Darllenais am eich Peiriant Gwau – nad oes yn wir ei debyg,
felly rhaid oedd dod i'w nôl un nos, dim ond er mwyn ei fenthyg.'

‘Ond fedrech chi ddim gwau eich siwmper fach eich hun?’
gofynnodd Nain, ar bwys y tân, a hithau’n yfed gwin.
‘Fe allech ddysgu gwau yn hawdd, boi clyfar iawn fel chi,
ac os oes gennych awr fach sbâr, cewch wersi gennyf fi.’

‘Ond Nain,’ meddai’r blaidd, ‘does gen i ddim bysedd!
Mae gwaith llaw’n amhosib i mi mewn gwirionedd,’
a syllodd yn drist ar bawennau fel badau,
a thynnodd ei hances i gaboli ei grafangau.

‘Ond pam taw chi yn unig sydd yn byw ar ben y bryn?’
gofynnodd Nain gan wenu ar y blaidd a syllu’n syn.
‘Wel, amser maith yn ôl, chi’n gweld, yn nyddiau mam a nhad,
roedd pawb am ladd y bleiddiaid gwyllt, ym mhob un cwr o’r wlad.
Roedd tâl am saethu bleiddiaid, ac mewn dim o dro, yn wir,
diflannodd bleiddiaid Cymru’n gyfan gwbl o’r hen dir.
Yr unig rai ar ôl oedd Mam, Tad-cu a fi,
Ac aethom i ymguddio yn y bryniau a’r ogof ddu.

A dilyn eu hesiampl wnes i am gyfnod maith
Gan gadw o ffordd pobl, a dal i wneud fy ngwaith.'
'Ond, erbyn hyn, flaidd bach, mae pethau wedi newid tipyn,
mae bleiddiaid nawr yn ddiogel a phawb yn eu hamddiffyn!
Fe welwch,' ychwanegodd Nain, 'y byddwch toc yn enwog.
Cewch sioe deledu i chi'ch hun a dod yn reit ariannog!'

Aeth lorri'r blaidd â Nain a'r beic yn ôl i Abergwaun,

a 'Blaidd a Dyn' sy'n nawr yn un o hoff raglenni Nain.

Fe brynodd dŷ drws nesa' i Nain, ar ôl gwneud arian mawr,
a'r blaidd bach olaf yn y wlad, ni fyddai'n unig nawr.

A phan oedd yntau'n meddwl bod ei fywyd nawr mor hyfryd,
Defnyddiodd Nain y Peiriant Gwau i wneud siwmper iddo hefyd!